W0359958

La remplaçante

À Thalia, lire c'est magique !
M.

www.editions.flammarion.com

Éditions Flammarion - 87, quai Panhard-et-Levassor, 75647 Paris Cedex 13
ISBN : 978-2-0812-6399-4 - N°d'édition : L.01EJEN000714.C003
Dépôt légal : mars 2012
Imprimé en France par Pollina S. A. - 12-2012 - L63119
Loi n° 49-956 du 16 juillet 1949 sur les publications destinées à la jeunesse.

La remplaçante

Texte de
Magdalena

Illustrations
d'Emmanuel Ristord

Castor Poche

Ce matin, Maîtresse Julie est absente.
Une dame se présente.
« Bonjour, je suis la remplaçante
de votre maîtresse.
— Mais où elle est, Maîtresse Julie ?
demande Léa.
— Elle est malade, et je la remplace »
dit la remplaçante.

Les CP la regardent d'un drôle d'air.
Ils font des commentaires.
« Elle n'est pas comme Maîtresse Julie !
dit Ana.
— Elle a l'air plus sévère » trouve Léa.

nardi
nercredi
eudi
endredi
amedi
imanche

Basil, Lou et Alice font les fous.
Basil chuchote à l'oreille des filles :
« J'espère qu'on ne va pas travailler aujourd'hui ! »
Selma s'inquiète :
« J'espère que Maîtresse Julie sera guérie demain. »

La classe est agitée, il y a beaucoup de bruit.
La remplaçante dit :
« Pour commencer la journée,
je vais vous lire une histoire.
Mais avant, je dois connaître vos prénoms. »

La remplaçante découpe des étiquettes.
Selma les distribue à chaque élève.
« Vous avez tous un petit papier ?
Attention ! Prêt, feu, partez,
écrivez vos prénoms ! »
annonce la remplaçante.

Fatou
Tim
Léo
Réda
Selma

« Chut, chevalier Basil !
L'histoire va commencer »
dit la remplaçante.

Il était une fois, une gentille princesse prisonnière d'un méchant dragon, mais un courageux chevalier…

Basil

Au début de l’histoire,
toute la classe fait du bruit.
Basil et Tim ricanent.
Fatou, Lou et Alice bavardent.
Léo bouge sur sa chaise.

Léo
Mia
Lou
Alice
Tim
Cléo
Réda
Selma
Ana
Léa

Mais quand la remplaçante raconte
le combat du courageux chevalier
contre le méchant dragon,
il n'y a plus un bruit.
Les élèves sont captivés.

Soudain, la remplaçante s'arrête de lire
et dit :
« La suite cet après-midi, si vous êtes sages,
et si vous travaillez bien ! »

lundi
mardi
mercredi
jeudi
vendredi
samedi
dimanch

Les CP veulent savoir si le chevalier
va sauver la princesse,
alors ils s'appliquent.
« Finalement, la matinée est vite passée »
s'écrie Selma à la sortie.

Samir
Noé

À la cantine, tous les élèves parlent
de la remplaçante.
« Elle raconte drôlement bien, dit Basil.
— Elle fait bien la voix du chevalier » dit Réda.

L'après-midi, après la dictée,
la remplaçante réunit les CP autour d'elle.
« Voulez-vous savoir ce qui est arrivé
à la princesse et au chevalier ?
demande-t-elle.
— Oui !! répondent les CP.
— Attention, ouvrez vos oreilles,
plus un bruit, c'est parti ! »

Ensuite, les enfants font des dessins.
Basil dessine un dragon,
Selma, une princesse,
Réda, un château fort,
et Samir, un beau chevalier.
La remplaçante accroche les dessins
sur le mur quand ils sont finis.

Le lendemain matin, les CP sont heureux :
Maîtresse Julie est de retour !
Ils ont beaucoup de choses à lui raconter.
Ils lui parlent de la remplaçante,
du chevalier, de la princesse et du dragon.

Maîtresse Julie demande :
« Comment s'appelle cette remplaçante ? »

Les enfants se taisent.
« On a oublié de lui demander son prénom, dit Selma d'une petite voix.
– Elle s'appelle la Remplaçante, non ? » demande Basil.

Et toute la classe rit.

Retrouve les histoires de **Je suis en CP**

pour t'accompagner tout au long de l'année !
3 niveaux de lecture correspondant aux grandes étapes d'apprentissage, de la lecture accompagnée à la lecture autonome.

Niveau 1 : premier trimestre
Niveau 2 : deuxième trimestre
Niveau 3 : troisième trimestre

Déjà parus :

C'est la rentrée !
Niveau 1

Dispute à la récré
Niveau 1

Jour de piscine
Niveau 2

À paraître, *Les amoureux* :
Qui a écrit « Je t'aime » sur un petit papier ?
Et à qui ce mot d'amour est-il destiné ?